_____ 님께

_____ 드림

글벗시선 236 이정희 첫 번째 시조집

침묵 속의 초대

이정희 지음

도서출판 글벗

첫 시조집을 출간하며

가슴이 두근대는 마음 세상에 태어나서 그렇게 쓰고 싶었던 글을 마음껏 써보니 참 좋았습니다.
또 현대 시조를 최봉희 회장님께 배우고 써보니 재미도 있었고 흥미로웠습니다.

첫 시조집을 막상 출간하려니 두렵기만 합니다. 독자님들의 마음과 눈높이가 두렵기도 하네요.
부족한 점 많아도 읽어주시고 공감하여 주시면 대단히 감사하겠습니다.

그리고 시조 시인으로 첫걸음을 걷습니다. 사물의 마음도 읽어가며 앞으로 좀 더 아름다운 글을 이어 나가겠습니다.
글벗 시인님들과 독자님들, 또 다시 만날 때까지 건강하시고 사랑 많이 주시길 바랍니다.

2025년 12월
시조 시인 소담 이정희 드림

차 례

제1부 봄과 황혼

제2부 커피와 비

제3부 가을 향기

제4부 겨울 나목

제5부 영혼의 꽃

■ 서평

제1부

봄과 황혼

첫날

백옥의 비교 못 할 첫사랑 그대 만나
우리는 첫 경험의 결혼식 올렸었네
마음은 두 근 반 서 근 다섯 근 반 되었지

십이월 첫날에는 첫 경험 첫날이네
올해의 남은 달아 십이월 첫날에도
난 너를 두 근 반 서 근 그 첫날을 맞았네

남은 날 행복하게 살아갈 생각으로
가슴이 요동치는 십이월 첫날부터
부푼 맘 하얀 꿈 안고 하얀 마음 생각해

목화의 고운 꽃잎 가지에 달아주며
목마른 그대 사랑 눈 녹여 품어주고
사랑한 세월 속으로 첫걸음을 걷는다

할미꽃

초롱불 받쳐 들고 할미꽃 불 꺼질까
한없이 숙인 자세 노랑 불 갈무리해
이른 봄 마중 불 들고 겸손하게 오신 임

그 누가 알리오만 꽃잎 속 아름다움
수줍음 뒤집어서 족두리 만들고는
꽃무릇 뿌리를 캐어 인형 놀이 하자네

할미꽃 겸손에도 석양은 넘어가네
백발 된 하얀 머리 바람결 휘날리고
우수에 뒤엉켜지는 옛 그림자 스민다

봄과 황혼

왔나 봐 하더니만
한순간 떠나가네
젊음도 한순간에
저물어 석양이네
봄날은
저물어 가네
인생들도 저무네

언제나 함께할 줄
알았던 지난날들
해지니 어슴푸레
흐린 날 되었구나
붐한 날
새벽인 줄만
저물어 감 몰랐네

삶의 음악

꽃동산 꽃을 피워 웃으며 볼 때까지
힘들어 가꿔야만 예쁜 꽃 보는 듯이
우리들 가족의 동산 아름답게 피었네

이른 봄 할미꽃과 어여쁜 복수초꽃
그 어느 한 가진들 헛수고 있을쏘냐
행복한 가정을 위해 울며 웃고 온 세월

부모님 걸어오신 고단한 발걸음을
우리도 걸어오니 행복의 꽃이 피네
한 많은 웃음꽃 피워 지난 얘기 묻으며

가족의 힘을 입고 무에서 유를 창조
지구촌 아름다운 행복을 심었구나
사랑의 꽃동산 위에 열매 맺어 웃는다

몸의 반항

그녀는 반항한다 그토록 썼으면서
이제는 쉬어가자 울면서 하소연만
달래도 보았지마는 힘들다고 말한다

하기는 지칠 만도 하지만 이찌겠나
오늘도 살살 달래 엉주로 가자 했다
칠십 년 홀쩍 넘도록 부려 먹고 잔소리

안 가려 반항해도 너와는 같이 간다
찌뿌둥 반항해도 일어나 빨리 가자
젊을 때 잘해주지 왜 이제 와서 이러냐

내 몸이 청춘인 줄 아느냐 자꾸 가자
일어서 명령하니 울고픈 심정이다
나로서 청춘을 어이 잊을쏘냐 가보자

톱풀

내 비록 겉모양은
날 선 톱 모양이네
치켜선 날카로움
그래도 예쁜 꽃잎
가새풀
배암새 꽃잎
오공 새가 뭉쳤네

영원한 사랑으로
병사들 치료해 준
그리스 아킬레스
행복의 꽃 피었네
영웅은
뭉치면 살고
흩어지면 죽는다

그때 그 산자락

그리움 피어오른 안개가 피어나고
언덕 위 누렁 황소 무서워 도망치던
그 소녀 어디 갔을까 노인봉에 흰 산등

마음에 새겨보며 소녀는 말이 없네
식양에 쳐다보니 무등산 꼭대기는
무너져 누워 평지로 밭이 되어 있었네

한없는 추억 안고 떠나온 유년 시절
지금은 까마득한 들녘의 산천초목
봇도랑 맑은 물소리 귀에 쟁쟁 울린다

부부

정 주고 가버리는 심정의 길모퉁이
한 사람 먼저 떠난 빈자리 그리운 밤
창문 틈 쪼개놓은 달 야속하게 서럽다

아침에 태양 빛이 안기면 말하는데
그대 손 잡아끌고 빈 공원 산책 시작
괜스레 허공의 안개 앞을 가려 뿌렸다

낮에는 해 같은 임 어디로 가버리고
밤에는 달 같은 임 변덕을 부리더니
떠난 길 어찌 그리도 냉정한지 못 오나

그 변덕 어디 가고 달빛만 갈라지니
덩달아 별빛 세계 은하수 넘쳐나니
두 눈엔 안개 낀 공원 물안개가 피었네

최고 당파

한때는 태풍 타파 겨울엔 한파 와서
사람들 고생시켜 왠지 난 파는 싫다
파라면 어떠한 파도 몸서리가 쳐진다

옛날엔 우리나라 당파로 피비린내
지금도 똑같은 파 정치인 싸움 판에
이제는 끼어들기도 싫어지는 나로다

파라면 좌파 우파 양파와 쪽파 모두
싫어진 세상에서 딱 하나 우리 텃밭
잘 자란 대파가 최고 좋은 파로 엄지척

바위의 방언

삼척의 촛대바위
둘이서 돌아앉아
무언의 방언으로
초곡을 부른다네
인화들
그를 보려고
끝도 없이 모인다

사랑한 사람 위해
촛대 위 등불 하나
검어도 마음만은
하얗게 밝혔다네
바위의
기다리는 임
어서 빨리 오소서

글 밭골

우리의
마음 밭에
글씨를 심으세요

추억도
심으세요
희망이 자라나요

행복을
수십 배 거둬
웃으면서 가세요

오월

고향의
녹음방초
우거진 오솔길에

아까시
찔레 향도
하얗게 피었는데

산천은
의구하건만
인 걸은 간데없네

붓꽃

붓대 롱 겁도 없이 그녀를 바라본다
사랑의 연서들이 쪼로니 피어올라
철없는 그녀 향하여 고백하며 전했네

연시를 받아 들고 파랗게 질린 그녀
겁나서 꽃밭 속에 숨어서 살짝살짝
햇살은 문틈 사이로 수줍어서 방긋이

영원히 사랑받는 그녀의 웃음소리
날마다 기쁜 소식 전하여 주는구려
수줍은 그녀 지금도 행복하게 웃는다

무엇일까

어느 별 그림자가 이상한 깨알처럼
나란히 줄지어서 있어도 확 와닿는
소리가 심금 울리는 공감대가 없는데

무리가 모여있는 이상한 잔치였네
옆 사람 춤을 추며 기립 박수 웃겼다
때로는 안주가 되고 발을 뺄 수 없는 곳

시리다 깊은 수렁 속으로 빠져드네
차갑다 저 곳에는 아닌 듯 시끄럽다
마음속 아지랑이가 아롱아롱거린다

그리운 곳

저 높고
파란 하늘
속에는 누가 살까

저 높은
히늘 위의
달나라 누가 살까

부모님
사랑의 집이
저속에 있을 거야

아버지

가족을 위하신 분 아버지 논밭에서
잡초를 캐내시고 산에는 아기 붓꽃
종다리 뻐꾸기 합창 개나리도 피었고

당신의 온 얼굴에 땀방울 빗물 되고
아버지 바지게엔 석양이 걸터앉아
해 저문 무거운 걸음 함께 오는 누렁이

자매를 위한 마음 때로는 송구 막대
진달래 산새 소리 담아 온 지게 위에
향긋한 풀잎 냄새와 땀 냄새가 앉았네

수많은 추억들은 심정에 달아놓고
따뜻한 아버지의 그 마음 그 손길을
영원히 잊을 수 없어 낙엽 되어 쌓였다

인생 여정

청록색 언덕길을
웃으며 밀어주고
당기며 여행길을
손잡고 즐기면서
왔노라
동행자 함께
구경 한번 잘했지

색 바랜 언덕길을
급하게 내려오며
길고도 짧은 얘기
여행기 담을 그릇
찾아서
붓끝에 싣고
웃으면서 왔노라

바람 따라 가버린 사랑

화사한 예쁜 얼굴 어쩐지 수상하다
봄바람 났다고들 휘몰아 떠나가고
뜨거운 사랑을 견뎌 좋아 죽던 꽃단지

바람이 들었는지 발그레 연지 곤지
만추의 분 바르고 하나둘 떠나가네
그동안 잘 있었다는 말도 없이 떠나네

몇 며칠 울며불며 매달려 울던 네가
이별을 생각하며 그렇게 울었더냐
님의 손 귓 볼 만지니 하나둘씩 떠난다.

가시나무새와 용담초

가시를 길게 달고 가시의 나무 찾아
여기로 저기 날아 이 나무 저 꽃들을
찌르고 다녀 찔림을 당한 꽃잎 따갑다

곁에 꽃 이상히게 아픈 꽃 입다물라
찌른 새 가만두고 용담초 더 찌른다
따갑고 따가운 소리 하지 말라 멍든다

기막힌 현실 속에 무어라 말하리오
말 좋고 글 좋아서 어우렁더우렁 글
가시새 날아간 자리 또 찌르니 파랗다

용담초 뿌리들은 쓸개가 살아있어
참으려 했건마는 쓸게 통 상처 나면
더욱더 쓴맛을 품고 살아가는 용담초

춘몽

하늘 위 한 자락에
내 운명 걸어놓고
백설이 내리기 전
눈물이 고여 드니
황금빛 수정에 달린
옛 그림자 스치네

찬 이슬 초로 여행
새벽을 보내려니
아쉬움 남았더니
이별이 서러워라
어긋난 그대 마음에
주룩주룩 스미네

천지를 감아 잡고
운무는 솜털인 양
추풍이 날아드니
떠나간 청춘이여
영원히 오지 아니할
못 잊어서 설친 밤

제2부

커피와 비

추억의 그림자

아득한 그 옛날의 추억들 그려보면
한편의 오륙십 년 추억이 춤을 춘다
그때는 친구도 많고 흙먼지 속 즐겼다

어디든 놀이터가 있어서 땅바닥에
줄만이 그려놔도 그 자리 놀이터네
둘이서 놀아도 되고 혼자서도 놀았네

납작 돌 사방 차기 고무줄 손잡고서
친구와 팥 주머니 놀이도 노래하며
이웃집 친구들 모여 웃으면서 즐겼네

자갈돌 있을 때면 공깃돌 놀이들도
친구들 땅따먹기 손가락 뺨 재기도
서산에 해지는 줄도 모르면서 놀았지

감자와 헌 고무신 엿 바꿔 먹었었네
여름에 얼음과자 통 메고 소리치면
달려가 아이스께끼 사들고 와 먹었지

아끼려 조금 빨면 녹아서 떨어지고
아끼지 못하고서 급하게 먹었었지
아쉬워 빈 막대 한참 쫄쫄 빨던 옛 추억

드라큘라

더운 날 어디선가 멀리서 들려오는
여름밤 음악 소리 반갑지 않은 그대
빨대를 길게 세우고 침입자가 보인다

생명의 귀한 피를 뽑으려 달려드니
여자와 남자에게 무서운 너의 정체
아기도 뽑아 먹으려 달려드니 너로군

요즘은 방충망에 살충제 있다 보니
여름밤 전쟁터다 킬러를 조심해라
너는 곧 연구 대상인 드라큘라 아니냐

여름날의 추수

여름에 하모니카 최고의 추수려니
그 옛날 딱딱하게 잘 영근 강냉이를
골라서 맛있게 불던 하모니카 추수 날

더운 날 찰옥수수 추수를 하고 삶고
냉동실 보관하며 겨울의 간식 준비
아이들 어머니 상표 할머니표 붙였다

험한 건 우선 먹고 예쁜 것 저장하고
이빨이 가지런히 웃는다 예쁜이들
기다림 하모니카의 겨울 경연 대회 날

여름에게

그리운 여름에게 헤어질 당신이여
가을을 맞이하며 떠나갈 그대 앞에
할 말은 아마도 많이 그리울 것 같다고

이별을 준비하며 흐르는 시냇가에
물소리 합주곡을 타면서 걸어간다
너와의 이별 연습을 마음 맞춰 걷는다

풀벌레 노랫소리 구경 온 뜬구름들
아직은 더웠나 봐 물속에 헤엄친다
냇물은 하늘을 안고 노래하며 춤춘다

너에게 가을 연서 띄우며 울지 마라
아마도 잘 받았지 생각을 깊이 하며
이제는 연지 곤지의 예쁜 모습 보낼게

여름에게 (2)

여름아
수고했다
만물을 키우느라

용광로 불보다도
뜨겁게 달구면서

뜨겁게
외치는 소리
풍년 위해 애썼다

소리 없는 종

뜨겁던
여름 씻고
갈 맞이 보라였나

별리가
서러워서
눈물을 흘렸느냐

서러워
우는 그대를
소리 없이 보낸다

막바지 여름

그대가 쫓아오는 그리움 남겨두고
하얗게 거품 토해 다녀간 자리에는
그늘진 바닷가 모래 철썩이며 지웠다

세월의 풍파 속에 묻어둔 사연들이
얼마나 묻혔을까 오늘도 헤집는다
찾아도 떠나가 버린 당신 모습 보고파

파도야 말 좀 해라 쓸어간 그 옛 모습
어디에 숨겼는지 보이질 아니하네
수많은 희비의 곡선 넘나들 이 하느냐

초여름

녹음이 짙은 여름 보리밭 이랑에는
신기루 같은 그대 창공에 아롱이고
종다리 날갯짓하며 한가롭게 노니네

봇도랑 굽이치며 여름을 몌 감는다
청보리 익어갈 때 물오리 자맥질에
물 밑에 송사리 떼들 숨죽여서 숨는다

해마다 찾아드는 신기루 아지랑이
고운 빛 여물어져 석양에 다다르니
아쉬울 시간 없으니 감사하며 살리라

사계절 안은 사랑

개나리 만개하고 뻐꾹새 노래하던
오월의 어느 봄날 버선코 아까시 향
섭리의 뜻이었든가 가다 오다 만났네

유월의 여름 오고 초록의 짙푸른들
귓전을 휘감고서 바람이 속삭일 때
뜨겁게 간지럽히니 아지랑이 피었네

봄여름 건너오니 어여쁜 단풍놀이
꽃지고 열매 맺어 아롱다롱 이쁜이
물레를 닮은 세월아 어찌 그리 빠르냐

물레는 돌려줘야 돌지만 너는 어이
돌리지 않았어도 모른 채 돌아가네
동절기 목화송이로 너를 덥고 가누나

찔레꽃

고독과 그리움도
온화한 마음으로
소담한 사랑의 꽃
하얗게 피우려네
온 세상
그대의 향기
사람들께 전하리

밤하늘에 수놓으며

달빛이 스며드는 창가를 바라보며
추억의 아름다운 밤하늘 그려본다
예쁘게 사랑의 수를 한 땀 한 땀 놓았네

그리운 수를 놓고 가만히 쳐다보니
은하수 강니루에 지나온 배 한 처도
쪽박 배 달님을 그려 희망 안고 왔었네

보름이 차오를 때 세상은 밝게 밝게
희망의 행복 신고 노 저어 어기영차
밤하늘 추억이 물든 수를 놓고 환희다

내가 제일 중요해

자기가 중요하지 않은 이 어디 있나
내 자식 중요하지 않은 이 어디 있냐
함께 살 세상에서도 독불장군 많구려

내 자랑 실컷 하고 남의 말 듣지 않고
내 거만 봐 달라니 안 보려 눈 돌린다
얌체의 길모퉁이서 최고인 줄 안다네

세상에 어디 살던 도우며 살아야지
자기만 도와달라 웃기는 양반님들
쓴소리 듣기 싫어져 오지 말라 하겠지

커피와 비

젊을 때 빗소리는 밖으로 불러내고
청춘의 커피 한 잔 그리움 삼켜봤지
그때는 무엇이든지 움직이고 설렌다

노년에 빗소리는 슬프고 어설프다
커피는 수면 방해 멀어져 가는구려
옛 시절 향수에 젖어 추억하며 보낸다

빗소리 커피 향은 나이에 따라가며
모든 것 다르구나 쓴맛과 달곰씁쌀
한 모금 그리움 타서 황혼 속에 뿌렸다

세월이 약이려니

세월이 약이려니 더위가 있어야지
곡식이 제대로들 자라고 익어가죠
뜨거운 뙤약볕이야 세월 가면 가겠지

우리가 참아야지 지구만 탓하려니
지구의 변화무쌍 우리가 죄인인 듯
옛날에 대나무 부채 하나면은 됐는데

지금은 에어컨도 지구를 열받도록
주범인 사람일세 호롱불 풀숲에는
반짝인 예쁜 반딧불 그 세월이 그립네

두 얼굴

그대는 나의 속의 명경알 같은 존재
수박의 씨 발리고 잘 보고 먹어보자
닭 잡고 오리발 내민 겉과 속을 모른다

새파란 줄무늬에 예쁘게 치장하고
빨간색 속마음에 새까만 씨앗 숨긴
파란색 검은 줄무늬 겉과 속이 다르다

너와 나 수박 같은 마음을 누가 알까
입맛은 달콤 시원 어이해 믿어볼까
속 다른 수박 겉모습 알고 봐도 모르네

스쳐 간 그림자

새벽달 살짝 품속 잠 깨워 속삭인다
눈을 떠 달을 보니 그림자 남겨놓고
저만치 달아난 그대 뒤를 쫓아 떠난다

붐한 밤 달을 쫓다 별 보고 별을 쫓다
태양을 만나보니 이렇게 매일 같이
세상을 한 바퀴 돌아 제자리에 왔구나

와보니 고단한 몸 피곤이 겹쳤구려
켜켜이 쌓인 심정 사이엔 삶의 때와
이끼의 그리움만이 허허롭게 붙었네

사랑

당신은
떠다니는
동사라 하였다네

있을 때
잘해야지
떠나면 힘든 당신

잡으려
애쓰지 말고
있을 때 잘하도록

이상한 세상

주룩주룩
빗소리가
창밖에 들려온다

행복의
소리건만
가뭄의 단비건만

단비도
쓴 비로 듣는
사람들이 있다네

무더위

한더위 막바지가 찾아와 짓누른다
까맣게 타들어 간 허무를 벗어두고
바람도 당황하면서 처참하게 누웠다

한여름 진초록이 그리워 만나보니
숨죽인 나무들의 표정은 시들히게
바람이 잡아 묶어둔 손수건을 흔든다

세월아 어디쯤에 왔을까 물어본다
이것도 아닌 것을 그렇다 모른다네
계절은 기억상실로 이리저리 헤맨다

복비 오던 날

고대한
임이 오네
발자국 소리 난다

그렇게
기다린 임
운무와 풍차 타고

전국을
들썩인 소식
요란하게 오는군

제3부

가을 향기

박물관

가을이 찾아와서 빈자리 어디던가
그대가 제집처럼 찾아온 박물관에
씨앗들 여기저기서 와르르 르 웃는다

여름에 꽃 진 자리 다양한 예쁜 얼굴
박물관 들어서면 폼 나게 앉았구려
깨끗한 보금자리에 여문 모습 야물다

문인들 소리 적어 시가(詩歌)의 아름다운
음률이 흘러내려 어깨가 덩실덩실
심정화 피는 그곳에 찾아드는 여행객

토란대

여름에 가뭄 때는 몇 번씩 죽다 살고
목이 타 들어가서 토란 잎 타죽다가
목 축여 물 대주면서 애면글면 살렸네

토란대 못 먹을까 그래도 먹을 만큼
걱정을 많이 해서 애간장 다 녹였지
다행히 키가 안 크고 굵지 않아 그렇지

가을비 장마 속에 끊으려 생각해도
썩어서 버릴까 봐 날 보며 끊어 널어
이 몸은 알레르기로 영감님이 다했네

풀 종류 못 만지니 남편이 고생 많소
직장에 다닐 때는 넓은 밭 놀려놓고
퇴직해 집에 있으니 할 일 많아 좋다네

청개구리

비 오는 가을날에 장맛비 여름인가
분간이 안 되는군 사람도 혼미하네
여름날 아닌 듯하나 비가 오니 잘 몰라

풀잎 위 올라앉아 어쩔 줄 모른다네
친구들 모두 가고 너 혼자 남았느냐
먹이도 사라져가는 청개구리 신세야

초록색 넓은 잎에 너의 옷 갈아입고
빠르게 준비해라 추우면 어쩌려고
아직도 그러고 있냐 너를 보니 애탄다

만추

뜨겁게 볶아주던
여름을 뒤로하고
가을을 울어주며
흐르던 눈물들을
저 파란
하늘 속으로
숨겨두고 웃는다

만추는 아름다운
행복한 동산이라
마지막 불태우는
사랑의 추녀였다
녹아난
텅 빈 여름을
반사되는 붉은빛

여름이 떠난 하늘

파랗게 변한 모습 유리처럼 맑구나
여름은 뭉게구름 안고서 떠나갔네
시원한 가을바람이 품 안으로 안기고

볼수록 맑은 저곳 전시가 개벽한 듯
나목은 연지 곤지 하나둘 예쁜 모습
청아한 풀벌레 노래 감시하는 벼 이삭

풍요로 바뀐 세상 인화가 피어난다
국화 향 낙조 되어 구르며 앉는구려
세상은 아름다워서 살고 싶은 곳이요

가을 무도회

매미도 떠나가고 그대도 떠나가고
미워한 삼복이도 떠나고 텅 빈 여름
하절기 떠난 빈자리 옳다구나 갈 왔네

추녀는 며칠 동안 물 부어 청소하고
대지는 촉촉하게 방그레 웃는 모습
노랗게 고개 숙여서 인사하는 들녘에

베짱이 배짱 좋게 노래를 부르면서
친구를 불러 모아 무도회 현장 답습
구경 온 각양각색의 얼굴들이 예쁘다

가을 사랑

사랑이
떠나가던
그대의 뒷모습이

어여쁜
산천초목
예쁘게 그려냈네

당신의
삶은 언제나
꽃피우며 떠났다

짧은 동행자

이 깊은 가을 함께
짧은 길 건너와서
세월을 잡으려고
가을을 주었건만
가을은
동행하는 듯
가버리고 없구나

떠나는 너를 보니
마음이 서럽구나
찬바람 시린 가슴
슬며시 들어오네
가을은
서리꽃 피워
안겨주고 떠났다

산실

가을은 겨울 준비 낙엽을 모아주는
바람이 가랑잎을 쓸어서 모아준다
겨울의 산실 만들며 허둥지둥 모은다

앙상한 나목끼리 뿌리를 덮으려고
이리도 흔들어서 겨울의 이불 넣기
제 몸의 붙은 잎새들 소리 없이 떨군다

밑거름 내리깔고 내년의 새싹 위해
자연은 말없이도 섭리에 순응하며
깊은 뜻 산실 만들며 비우면서 채운다

바람의 소야곡

조용히 가을바람 속사임 스머드는
추풍에 아름다운 소야곡 춤을 춘다
그리운 추억의 계절 젖어들고 물든다

향긋한 님의 소리 귓가에 돌고 돌아
흐르는 은하수의 잊었던 노래던가
악보도 없는 노래가 바람결에 들린다

별님아 말해다오 바람아 불러다오
덧없이 흘러가는 그리운 추억 안고
고요한 밤을 깨우는 아름다운 소야곡

가을 길

들길에
코스모스
반기니 행복하다

찬바람
불어와도
예쁘게 춤을 추니

가을의
들길 즐겁게
행복 안고 걷는다

재인폭포

재인이 무슨 죄냐 시대의 흐름 속에
폭포는 피눈물로 흘러서 강물 되니
한 맺힌 그 시절 지나 잘도 흘러 가누나

이제 와 재인폭포 소리가 시끌벅적
재인이 좋다더냐 폭포가 좋다더냐
가을은 예쁜 옷 입고 아름답게 왔구려

들국화 향기 덥고 시원한 물소리에
애잔한 옛이야기 서러움 씻은 듯이
인화가 피어나는 곳 가을 향기 스민다

행복한 계절

가을은
단풍 계절
가을은 풍성하다

가을아
네가 좋다
가을우 행복하다

가을은
나눔의 계절
늘 즐겁게 웃는다

그대 향기

새벽 향
끌어안고
커피향 마시면서

시월의
가을 향도
고요히 피어올라

붓끝엔
먹 향기 피는
좁은 길을 걷는다

그대에게

당신의 꽃 같았던 그 시절 생각하며
어디서 무엇으로 살아도 활짝 웃고
불행도 행복의 희망 잊지 말고 살아요

삶이란 여정 속에 나 역시 그때처럼
여기서 초로 같은 인생을 희망의 끈
꼭 잡고 밝은 미소로 밤낮을 맞을 거요

차디찬 가을바람 왔으니 어디서든
감기도 조심하고 따뜻한 옷을 입고
멀어도 사는 날까지 잊지 말고 살아요

가을비

추석이 왔는데도
장마가 오는구려
가을비 우산 속은
차가워 반갑잖네
젊을 때
둘이 하나의
우산 속은 좋았지

지금은 쓸쓸하고
차가워 시린 마음
왜 이리 가을장마
농심도 눈물 나는
이렇게
흘린 눈물로
흉년 질까 두렵다

가을 향기

살포시
강물 위에
추녀가 내려앉아

향기로
입 맞추며
인생의 시간 속에

바람의
노를 저으며
세상 구경 가노라

그때 그 사람

들길을 걸으면은 그때가 그리워져
그 사람 보고 져서 눈물을 흘리는데
이 심정 모르는 사람 자기 홀로 떠났네

흐르는 눈물 속에 가난과 싸우던 임
나에게 통일벼를 안기며 잘 살자던
그 사람 어디로 가고 추천 쌀이 최고네

가난을 벗어던져 살자던 임은 가고
떠나간 그림자를 지우려 애면글면
잊으려 애를 써봐도 잊을 수가 없구려

가난은 벗었지만 마음이 가난한 자
외롭게 걸어보는 가을의 들녘에서
말 많은 사연들 엮어 하늘에다 날렸다

가을인가

저 멀리
높은 하늘
저곳에 누가 살까

새파란
바다 위에
점점이 찍어놓은

어여쁜
목화솜 같은
저 섬나라 그립다

국화축제

추풍에 어디선가 향기가 그윽하니
연천의 향기던가 국화의 향기던가
사랑을 안고 방그레 웃음 짓는 국화야

연천의 손님맞이 웃어준 국화 향기
화장을 울긋불긋 모양도 가지각색
연천의 얼굴인 듯이 인심 좋게 웃는다

향기로 입맞춤에 후각이 춤을 추고
인화는 사랑 노래 눈빛이 반짝반짝
덩달아 들국화들도 일렁이는 꽃물결

제4부

겨울 나목

겨울 눈

올해도 도둑눈이 오려나 아기천사
천사의 희디흰 옷 날개옷 입은 당신
그대여 가만가만히 걸어놓은 당신 꽃

올해도 도둑눈이 오려나 곱게 곱게
목화꽃 활짝 피어 방긋이 웃는 임아
밤사이 빛나는 별꽃 소녀처럼 떨린다

올해도 도둑 눈이 오려나 녹아져도
나목에 소리 없이 내려와 앉아 있는
녹아서 울고 울어도 당신 곁에 있겠소

올해도 도둑눈을 못 잊어 함께하리
그대는 나의 보배 없어져 간다 해도
따뜻한 봄 아가씨로 돌아오길 바라오

별리가 최고

님인 줄 알았더냐 잡지도 않았는데
길 가다 붙었더냐 난 너를 싫어했네
머리를 한 대 맞았나 열이 나고 아프다

언제 날 때렸더냐 매 맞고 못 살겠다
날개도 발도 없이 전국을 돌아치네
우리는 이별이 최고 어서 빨리 떠나라

콧물이 흐르면서 눈물도 흘러내려
눈뜨기 싫어지고 뜨겁던 여름에도
이렇게 열 없이 살고 왔건마는 넌 뭐니

너 때문 사람들과 대화도 못 하겠다
너만이 놀자 하니 싫어도 참으려나
헤어져 살아가자고 몇 번이나 말했냐

겨울 나목(裸木)

시목의 은행나무 나목의 변한 모습
바람이 불 때마다 부채가 파랑 팔랑
나비로 날아 앉아서 사랑으로 뭉친다

부챈가 나비인가 황금색 돈이런가
영주시 도롯가에 황금비 우수 수수
시목이 횡금물결의 춤을 추고 있어요

가을이 지나가고 초겨울 왔나 봐요
내 몸을 벗어 만든 이불이 되었네요
나목은 벌거숭이로 뿌리 덥기 하였네

벌써

빗물은 소문 없이 저 위서 내려 오네
강물도 흘러가니 나라고 아니 갈까
십일월 마지막 날이 되었으니 아쉽네

엊그제 이십오 년 일 월이 되었다고
희망을 품고 섰지 말없이 금방 가네
세월은 강물 흐르듯 소리 없이 갔구나

그 속에 나도 흘러 그대를 따라가니
머리는 반백 되어 여물어 익어가네
우리는 똑같은 인생 걸어 걸어 왔구나

한 장의 단풍잎이 벽걸이 되었구려
말 없는 그대지만 날마다 날을 세운
한 장의 나머지 인생 세월 앞에 서럽다

아쉬움

시 낭송 마치면서 그동안 많은 시를
선생님 낭송 반을 접하며 배워왔죠
회원님 여러분들과 아쉬움의 인사들

서로가 아쉬워서 내년에 만나자고
윷놀이 약속 잡고 인사를 다시 했다
이십육 년에 또 만나 뭉쳐보자 했어요

칠팔십 넘은 분들 모두 다 좋아했네
부족함 많았지만 내년을 기약하며
웃으며 손을 흔들며 서운함이 앞섰다

촌 할미 부지런히 말없이 다녔었네
하늘은 이 마음을 알고서 하루 종일
울면서 겨울비 함께 마무리하는구나

다리를 다치고는 결석과 지각으로
바쁘게 다녔지만 아쉬움 많은 올해
비틴은 후 년을 다짐 마음속에 품었다

너의 모습

앙상한 너의 모습
차디찬 너의 입김

사랑은 계절 따라
가버린 너의 마음

잎새도
털어버리고
떠나버린 네 마음

11월의 색칠

김장철 소금물에
뻣뻣한 기를 죽여
골고루 때를 씻고
예쁘게 꽃단장에
너에세
분칠하면서
사랑받길 원한다

내 몸은 천근만근
그래도 침착하게
너의 몸 목욕 단장
어여쁜 새색시로
예쁜 몸
꽃가마 안에
들어앉아 웃는다

계절과 결혼

초봄에 곱고 고운 시누이 달려와서
분홍빛 옷을 입고 살포시 내려앉아
곳곳이 새침데기 시누이 분홍빛 삶

무성한 녹음 짙은 서방님 잔소리에
자식들 키우면서 고달픈 살림살이
짧은 밤 지새우던 날 애면글면 살았지

붉은 잎 그대 얼굴 살며시 주워 들면
잠시면 떠나가고 찬바람 들어오니
서릿발 시어머니의 눈물겨운 옛 시절

사계절 다 겪어본 이 몸은 황혼빛에
물들어 고운 잎새 간 곳은 어디일까
찾아도 사라져 버린 나이테만 남았네

세상살이

세월을 이길 장사 어디서 보았는가
청년의 때 지나면 힘 좋은 사람 있냐
내 앞에 장애물 없길 바라면서 가는 길

고단한 인생살이 서로들 위하면서
잘났다 아픈 상처 헤집지 말아 주고
웃으며 위로하면서 살다 가면 좋겠네

시(詩)여

글이여
어두운데
모두의 빛이 돼라

그대여
응달 위에
따뜻한 빛이 돼라

마음이
모여든 시(詩)여
사랑으로 변하라

강물

오늘도 흐르는 강 내일도 끝을 몰라
날마다 흐르는 강 나 혼자 흘러갈까
사계절 날마다 흐른 강이 어라 하노라

사랑의 긴줄기가 바위에 부닞쳐도
저 끝에 기다리는 메마른 모래사장
그 또한 어루만지며 도란도란 흐른다

때로는 거북이가 되어서 헤엄치며
느리게 흘러가며 소풍 길 자박자박
천천히 어디로 가든 더 느리게 가고파

조용히 거세게도 비바람 불어와도
어차피 흐르는 강물이면 후회 없이
세월의 강줄기 따라 흘러 흘러가련다

영원은 없다

세상은 영원한 것 없다는 섭리 말씀
바람도 지나가고 운무도 풀어진다
하늘의 별도 떨어져 운하 세계 떠난다

언젠가 모두 떠나 어떤 빛 남길까요
이 세상 삼천갑자 동방삭이도 갔다
세상은 빛과 그림자로 살다가 떠난다

우리는 아등바등 악착을 떨어가며
살아도 그만인 걸 소풍 길 감사하며
손짓에 오라면 오고 가라 하면 가려니

느티나무

마을 앞 어귀에는 한 그루 느티나무
수호 신 대접받고 오백 년 역사 속에
아직도 푸른 잎사귀 속은 텅텅 비었다

정월 대보름이면 사람들 위한 나무
말 못 한 나무에게 소원을 비는 동민
답답힌 느티나무를 불쌍해서 못 보네

소원을 못 들어줘 말 못 해 속다 썩고
텅텅 빈 느티나무 지금은 보호 수네
나무 밑 빨래터에는 동네 뉴스 다 듣고

아낙네 수다들도 듣고도 말 못 하니
벙어리 냉가슴에 속이 다 비었구나
점잖은 어르신 나무 아직도 푸른 청춘

젖고 마른 길

마음에 비 오는 날 남들은 모르는 비
때로는 찬 이슬비 때로는 슬픈 비가
한없이 내리는 빗물 마음속에 쏟는다

따스한 햇볕 들고 사랑비 내리는 날
운명의 장난처럼 갠 날 궂은 날에
무거운 발걸음 옮겨 터벅터벅 거닌다

표정이 슬프구려 그렇게 가다 보면
쨍하고 해 뜰 날도 있겠지 슬퍼 마오
가녀린 모습 가여워 손 내밀어 보았다

입술은 웃으면서 눈 속은 슬프구려
그대여 슬퍼 마오 잡은 손 놓지 마오
희망의 끈 놓지 마오 행복으로 갑시다

고추 당초 매운 날

독수리 날갯짓에 떼거리 물어뜯어
두려워 떨어가며 살아간 수많은 날
일출이 두려워진 날 고추 당초 매운 날

날마다 검은 구름 소나기 쏟아진 날
잡초가 우거지고 혀끝은 갈라지고
찬 이슬 무수한 날에 한 맺혀서 젖은 날

까맣게 타버린 속 태산은 무너지고
겁먹은 세상살이 날마다 고개 숙여
열심을 더하면 할수록 물어뜯겨 아픈 날

세월에 못 이기고 부서져 내릴 때는
까만 속 허무한 날 큰 소리 어딜 가고
무너져 한 줌의 재로 뿌려지고 말았다

정과 사랑

모정은
몰랐어도
할머니 사랑 속에

세상에
사랑만큼
부족함 없이 자란

할머니
깊은 사랑이
자양분이 되었다

소망

한 걸음 두 걸음씩 천국을 소망한 길
그리운 그곳으로 가슴은 두근두근
심령은 두 근 반 서 근 팔딱팔딱 뛰었네

애타는 이 심정을 그대는 아시겠지
남들은 다 몰라도 섭리는 알아주리
솔로몬 앙이 사랑한 술람미 여인처럼

내 영혼 품어주리 술람미 여인처럼
영원히 안아주고 하늘의 이 소망을
귀하게 여기며 품어 주시리라 믿으리

바라는 저 하늘이 저렇게 멀리 있어
이상한 저 구름은 누구를 바라볼까
아직은 임은 먼 곳에 나를 보고 있구나

꿈은 피었다

사랑이 무슨 죄냐 묻으리 거름 되게
운명의 동산 위에 태어난 꽃 한 송이
파도 속 비바람에도 잘 자라난 꽃송이

세월의 풍파 속에 잘 견뎌 살았으니
얼마나 장하게도 우뚝 한 그 모습에
고난이 밑걸음으로 어여쁘게 피었다

비바람 겪지 않고 피어난 꽃잎 있냐
세월의 무게 없이 살아온 사람 있냐
그 끝은 꽃 진 자리에 열매 맺어 웃는다

삶이란 무게들을 짊어진 지게 위에
꿈들의 출렁이며 살아온 현실 앞에
희망의 행복한 웃음 아름답게 맺었다

천년의 잔치

섭리가 주신 선물 세상에 가장 귀한
놀라운 선물일세 혼자서 보면 안 돼
이 세상 사람들에게 같이 보고 싶어라

혼자서 먹으면은 절대로 안 되는 떡
나누고 퍼주면은 생명의 떡이로다
사르밧 과부의 집에 가루 동과 같도다

사르밧 과부의 집 마르지 아니하는
기름의 떡을 구워 천만년 먹어봐도
남은 떡 굶주린 영혼 먹고 모두 살아요

사르밧 과부집에 외아들 살아나듯
우리님 주신 선물 너와 나 함께 먹고
천년의 잔치 속에서 님과 함께 살리라

연정

찬바람 춤을 추니 덩달아 덩실덩실
찬 이슬 한 모금에 으악새 신이 난다
맴돌다 서로 부딪쳐 요란스레 웃는다

찬 서리 내려앉아 살포시 품어주니
그대는 부끄러워 홍단을 불렀구려
그 누가 볼까 떨어져 구석진 곳 숨지요

붉어진 너의 마음 숨겨도 들켰다네
추녀를 사랑한 걸 벌써들 알고 있네
속일 수 없는 연정을 가슴 깊이 품었네

제5부

영혼의 꽃

시계 같은 인생

어여쁜 봄이로다 무성한 여름이라
찬 서리 가을 가고 겨울이 다가오니
고장 난 벽시계 들고 수리공을 찾았네

젊을 땐 할 일들이 엄청나게 많았고
원하는 소망 가득 참으로 많았었지
이루어 내기 위해서 안간힘을 썼다네

모든 삶 한 마디로 장식에 불과하다
노년에 평안함은 이것을 위함이라
긴 세월 짧은 그림자 드리워도 기쁘다

아름다운 세상

세상에 태어날 수 있다는 확률로는
그렇게 힘들다고 하시는 말씀들이
정말로 요즘 봐서는 그렇다

그러니 축복받은 이 몸이 아니든가
살자면 힘든 고생 참으로 많았었지
큰 행운 안고 태어난 나의 행복 즐겁다

한때는 죽고 싶은 마음이 많았지만
그 또한 지나가니 웃는 날 있더란다
웃으며 남은 세상을 아름답게 살리라

계절주

연두를 어깨 메고 태어난 고사리손
봄이는 어화둥둥 내 사랑 놓칠세라
봄바람 살포시 품어 길러내어 보내니

그윽한 녹향 속에 맴도는 뭉게구름
소낙비 끌어안은 힘겨운 진초록에
너울진 강가에 스친 그내의 물그림자

석양 주 주고받아 홍엽 된 너의 얼굴
어깨춤 덩실덩실 무리 속 춤사위에
계절주 세월과 건배 기분 좋은 홍단아

흑갈색 들킨 걸음 새하얀 거짓말을
설화에 숨겨놓고 스쳐 가 청춘들이
문풍지 웃음소리에 후회 없이 왔구려

영혼의 꽃

날마다 한 송이씩 피어난 너의 모습
사랑할 이유 없이 사랑한 이 심상은
이렇게 삼백육십오 개의 꽃을 피웠다

내 소원 평생의 꽃 이 밭에 벌이 되어
수없이 날아들어 꿀통에 살다 가리
꽃 피는 그 세계에서 사랑하다 가리라

영혼을 다 바쳐서 그대만 쓰다듬어
날마다 고백하며 당신만 바라보리
예쁘고 사랑한다고 고백하며 살리라

영주시

능금과 인삼 향이 가을에 피어나고
도화가 피어나는 봄날에 소백산은
산나물 향기가 영주 시내 내려앉았네

여름에 복숭아 향 순흥에 내려앉고
선비촌 선비들이 글 읽는 소리 나면
매화가 손짓할 때면 소수서원 유생들

마음이 싱숭생숭 청다리 죽계수에
맑은 물 흐르는 곳 등 넘어 단산에는
가을에 단 산포도 향 코끝에서 노닐고

그 위에 부석에는 부석사 스님들이
도 닦는 사찰에도 인파가 모여들고
풍기에 풍기인견이 유명하니 좋구나

영주는 이름하여 사람의 이름처럼
영주시 예쁜 이름 말씨는 경북이라
무뚝뚝 마음은 신솔함에 살기 좋은 곳

영원한 별리

어떠한 종교라도 영원한 이별 앞에
못다 한 사랑으로 눈물이 앞을 가려
길 안내 천군 천사의 손 꼭 잡고 가소서

뜨겁던 여름 품어 모태의 탯줄 끊고
짝지어 서로 돕는 영원한 배필 안고
허전한 품을 채워준 꽃 진 자리 열매라

보고파 눈시울에 윤슬이 맺혔어도
천년의 왕국으로 들어간 발걸음을
마지막 서러움들의 꽃 진 자리 채웠네

눈물의 천륜의 강 흘러서 내리는 날
슬픈 곡 흐느낌은 태산이 떠나 자리
요단강 건너는 소리 곱게 곱게 가소서

인생은 미로

넓지도 않은 창밖 바람이 불어오고
농촌의 싱그러운 냄새가 날아온다
먼 산에 허리를 감고 안개 기둥 서 있네

소백산 기슭에는 아낙네 옹기종기
미소가 순수하니 조용히 나물 캐며
잡히지 않은 신기루 미로 속을 헤맨다

생활의 즐거움은 여인네 삶의 현장
행복해 웃는 얼굴 모르는 인생살이
서산에 붉은 노을이 눈빛마저 적시네

심정의 눈

먼 훗날 뒤를 돌아보아도 그대만이
심정에 가장 좋은 추억의 길일 거요
고단한 여행길에도 남아 있을 친구여

먼 훗날 긴 얘기도 보여줄 세상 거울
희망의 샘물 같은 얘기도 들어줄 너
영원히 그대 안아줄 서적 한 권 족하다

세상과 울며 웃던 지나간 추억들도
모두 다 감싸안고 또박또박 걸었지
모두가 숨은 얘기들 찾아가며 걸었다

임은 먼 곳에

그대가 온다기에 반가운 마음으로
입추 문 열었더니 이틀간 물로 씻어
반가운 그대 길 닦고 무더웠던 여름에

내 몸도 씻어내고 님 맞이 준비 로고
시원한 지구 위에 오실 님 기다리니
풍운의 항공기 날고 생각하니 기쁘네

기름때 흘리면서 노폐물 쌓인 몸속
마음껏 씻어내고 준비도 끝냈지만
아직은 임은 먼 곳에 웃는 태양 얄밉다.

생명

비록 난
돌이지만
최고의 수석이다

태명이
살아있는
이름을 지었단다

아기의
탯줄을 달고
생명 있는 삶이다

새벽종

그대는
하늘에서
찾아온 생명나무

아무리
멀리 있어
오갈 줄 모를쏘냐

종소리
들리면 그대
찾아가리 꼭 가리

문인들의 글밭

붓으로
글밭 골을
다듬어 씨앗 심기

날마다
시를 뿌려
고운 시 노래 되어

향기로
온 세상 퍼져
춤을 추며 걷는다

엄마와 할머니 사랑

엄마가 되어보니 엄마의 존재 알고
할머니 되어보니 할머니 고생 알고
부족한 이 몸을 낳아 키워주신 은혜여

이 몸을 두고 떠난 마음이 아팠을까
두 눈은 감았을까 생각이 많은 아침
엄마의 사랑 느끼지 못했어도 알겠네

연세가 높은 조모 손녀를 애지중지
키우신 그 고생을 갚을 길 없이 떠난
할머니 감사한 마음 뼛속 깊이 스민다

모정은 몰랐어도 조상의 사랑만큼
세싱에 어느 사랑 보나 너 받았어라
바람에 날아갈 거나 놓을 때면 깨질까

할머니 눈앞에서 벗어나 어찌 될까
그 깊은 사랑만큼 어디에 비교할까
수많은 날을 안고서 어화둥둥 내 사랑

침묵 속의 초대

세상은 들썩인다 희망의 날개 펴고
침묵은 임과 함께 행복한 날갯짓에
조용히 안겨 주려니 자유함을 주려니

심정이 그댈 알고 깨닫는 이 순간에
자유의 희망 안고 길 위에 서려니요
침묵은 그대와 내가 함께하는 신뢰요

눈으로 하는 언어 더 많은 뜻이 있네
서책은 이 시간도 소통하고 있다네
조용히 초대하리다 침묵 속의 초대장

삶의 언덕

꽃잎이 피고 져도 너와 나 함께라면
우리는 애면글면 손잡고 함께 왔지
세월의 꽃 진 자리에 열매 맺을 기다림

흘러간 강물들은 떠나면 그만이듯
돌아올 길이 없어 미련은 두지 말자
아쉬움 손 흔들면서 돌아보지 않으리

함께한 그 긴 세월 잡은 손 놓지 않고
눈물이 호수처럼 물안개 피어나고
이제는 손잡고 함께 걸어온 길 그립다

그리워 하루하루 추억의 모퉁이에
담벼락 쌓으면서 떠나온 그리움에
삶이란 언덕 위에다 집을 짓고 살았다

우정화

우정화 만개하는 글벗님 동행하며
즐거운 글 꽃피움 만나서 행복하고
그리운 남녀노소를 초월하는 우정화

주름 꽃 피어나고 하얀 꽃 피어나도
우리는 아름다운 동산에 피어나고
종자와 시인 박물관 피어나는 우정화

영원히 남아 있을 귀하게 피어나는
시향도 아름다워 서로를 아껴가며
피어난 꽃송이들이 영원하게 피우리

세월의 흔적

마음의 담은 자식 찾아서 연천으로
새벽 차 겁도 없이 눈 뜨고 코 베인다
옛말을 생각하면서 자식 찾아 삼만 리

청량리 대합실에 마중 자 차를 타고
손끝에 키운 자식 시집간 그곳으로
찾아가 질 있있는지 어기저기 헤맸다

만나니 반가워서 내 자식 금방 알고
마음의 품속에서 손끝에 맺은 사랑
친구들 함께 서 있는 그를 보고 반겼다

국화꽃 축제장에 국화 향 천지진동
꽃 향은 멀어지고 시향이 아름답다
아쉬운 흔적 남기고 시간 따라왔도다

손잡이 없는 인생

내 인생 흘러가도 내 청춘 달아나도
손잡이 없는 인생 못 잡아 울었다네
손잡이 하나 만들 걸 알았으면 잡을걸

꽃잎이 떨어져도 낙엽이 떨어져도
구름이 흘러가듯 잡을 수 없는 인생
떨어진 낙엽 밟으며 무심하게 걸었네

이제 와 어쩌라고 떨어진 낙엽들을
손잡이 없는 곳에 처다만 보고 섰네
서글픈 하소연 혼자 씹어 보며 걸었네

강물은 돌아올 수 없어서 흘러가네
낙엽과 꽃잎들을 싣고서 흘러간다
무심한 세월 뒤돌아보지 않고 떠난다

어느 회사

어느 날 낯선 회사 취업을 했었다네
회장은 한 사람씩 늘 보고 다독이며
새 힘을 돋아준 행동 다니시며 엄지척

그러나 특별한 분 그분이 등장하면
쌍수로 엄지척을 해주니 회사원들
눈치로 모두 다 일고 쫓겨날까 감은 눈

이것이 세상살이 눈치를 보며 산다
바보들 행진곡에 춤추며 옳다 한다
밥통이 찌그러져도 옳은 소리 해야지

눈 감고 귀 막으면 세상은 어찌 될까
입 열고 살아가는 세상이 되었으면
얼마나 좋을까 하며 말 못 하는 벙어리

비 오는 날

추녀와 동행하며 만추는 즐거웠다
계절이 아름다워 글들이 서성인다
빗줄기 독서의 계절 겁날 것이 없다네

바람이 따라와도 붓끝에 시향 날고
문인들 따라가며 여보게 불러 세워
연필이 눈을 반짝여 손끝들이 급하네

살포시 안겨있는 정다운 책갈피들
시향이 천지진동 책잡고 읽어주면
마음은 빗장 열었고 감동으로 춤춘다

삶의 성찰을 통한 글 나눔의 행복

– 이정희 첫 시조집 『침묵 속의 초대』

최봉희(시조시인, 평론가, 글벗 편집주간)

이정희 시인은 2019년 『좋은문학』에 시로 등단하여 이후 동화, 동시, 수필로도 등단하여 네 권의 시집을 상재한 작가다.

올해 2025년 계간 글벗 가을호에 시조로 등단하여 첫 시조집을 출간하게 되었다. 더욱이 글벗문학회가 지원하는 창작 프로젝트에 도전하여 매일매일 다양한 시와 시조 작품을 발표하고 있다. 이외에도 좋은 문학 수필가 작가상(2019년) 좋은 문학 수필 부문 문학상(2020년)은 물론이고 좋은 문학 이달의 사임당상(2020년)을 수상하는 등 그의 필력은 뛰어나다.

그의 새로운 도전인 시조 창작 활동에 함께 글나눔을 해온 필자로서는 대단한 영광이고 의미있는 발걸음이라고 생각한다.

더욱이 글벗문학회 밴드에서 모든 이들의 글을 읽고 따뜻한 댓글을 덜아주는 열정과 헌신이 아름답다. 더욱이 글을 읽은 자신의 소감을 말하는 것은 물론 365일 하루도 빠짐 없이 자신의 글을 올리는 열정은 대단하고 존경스럽다.

이에 이정희 시인의 시조집 100편의 시조를 읽은 감회와 느낌을 적고자 한다.

사람은 자연과학적으로 단 한 번 태어나고 죽는다. 하지만 인문학적으로는 여러 번 태어난다. 우리의 앎과 믿음, 그리고 문학적 감각은 완전히 다른 것으로 변할 수 있다.

이정희 시인의 경우를 보자. 시를 쓰던 사람이 수필가가 되고 동시와 동화 작가 되었다가 디카시는 물론 다시, 시조 시인으로의 변신이 그렇다.

"꿀벌은 밀랍으로 자신의 집을 짓지만, 인간은 개념으로 자기 세계를 짓는다."

철학자 니체의 말이다. 우리는 우리가 가진 말과 생각으로 세계를 만들고 그 속에서 살아간다. 세계를 규정하는 말이나 생각으로 자신의 정체와 한계를 경험한다. 결국 나의 세계의 확장은 내가 가진 말과 생각의 한계를 뛰어넘어야 가능한 일이다.

따라서 삶을 바꾸는 일은 항상 우리 말과 개념을 바꾸는 일에서 시작하고 말글로 나타난다. .

엄청나게 많은 말글이 범람하는 시대에, 나를 돌아볼 생각의 여지가 부족한 시대에 끊임없이 다른 말과 생각을 마주하며 세계를 확장시켜 나가는 시인이 있다. 바로 이정희 시인이다.

시인은 날마다 새벽을 열면서 우리의 어린 시절의 추억을 되살리고 우리 모두가 함께 보듬어 안고 가야 할 상처까지도 가슴으로 품는다.

그의 시에서 가장 많이 등장하는 어휘는 '꽃(60회)', "사랑(47회)", "행복(20회)", '우리(15회)', ''나무(15회)', '희망(11회)' 등 순이다.

그렇다면 이정희 시인의 시조에 등장하는 '꽃'의 상징적 의미는 무엇일까?

호롱불 받쳐 들고 할미꽃 불 끼질까
한없이 숙인 자세 노랑 불 갈무리해
이른 봄 마중 불 들고 겸손하게 오신 임

그 누가 알리요만 꽃잎 속 아름다움
수줍음 뒤집어서 족두리 만들고는
꽃무릇 뿌리를 캐어 인형 놀이 한다네

할미꽃 겸손에도 석양은 넘어가네
백발 된 하얀 머리 바람결 휘날리고
우수에 뒤엉켜지는 옛 그림자 스민다
- 시조 「할미꽃」 전문

할미꽃의 시정적 자이는 이른 봄, 임 마중 니온 수줍고 어여쁜 신부요, 석양에 백발이 된 자신의 모습을 추억하면서 영원한 사랑으로 행복의 걸음을 걷는 자신의 모습을 추억으로 형상화하고 있다.

다시 말해 할미꽃은 노랑의 초롱불을 켜고 추억의 이름으로 그 아름다움을 누군가에게 전하고 싶은 것이다. 하지만 세월은 빠르게 지나서 인생의 석양 무렵에 백발의 그림자로 자신이 살아온 추억을 글로 남기는 것이다,

목화의 고운 꽃잎 가지에 달아주며
목마른 그대 사랑 눈 녹여 품어주고
사랑한 세월 속으로 첫걸음을 걷는다
- 시조 「첫날」의 4연

위의 시조는 마찬가지로 첫사랑 그대를 만나 결혼식 올리고 십이월 첫날에 초야를 맞이했던 설렘을 적은 시조다. 그 설렘은 아직도 가슴에 남아 함께 행복하게 살아갈 생각으로 가슴이 요동친다. 첫날의 추억을 더듬은 것이다.

더욱이 목화처럼 지고지순한 하얀 꿈을 안고 엄마의 품처럼 포근하고 우애로써 헌신적인 사랑으로 살아가겠다는 의미를 담고 있다.

꽃동산 꽃을 피워 웃으며 볼 때까지
힘들어 가꿔야만 예쁜 꽃 보는 듯이
우리들 가족의 동산 아름답게 피었네

이른 봄 할미꽃과 어여쁜 복수초꽃
그 어느 한 가진들 헛수고 있을쏘냐

행복한 가정을 위해 울며 웃고 온 세월

부모님 걸어오신 고단한 발걸음을
우리도 걸어오니 행복의 꽃이 피네
한 많은 웃음꽃 피워 지난 얘기 묻으며

가족의 힘을 입고 무에서 유를 창조
지구촌 아름다운 행복을 심었구나
사랑의 꽃동산 위에 열매 맺어 웃는다
— 시조 「삶의 음악」 전문

위의 시조 역시 꽃이 등장한다. 여기서도 마찬가지로 행복의 꽃이다. 울고 웃어온 세월은 행복한 가정을 위한 과정이었고 부모님이 걸어온 고단한 발걸음 속에 행복의 꽃이 핀다는 사실이다. 그 행복은 웃음이 가득한 열매를 가져다 준다.

그렇다면 그 행복은 어디에서 오는 것일까?

우리의 마음 밭에
글씨를 심으세요

추억도 심으세요
희망이 자라나요

행복을 수십 배 거둬
웃으면서 가세요

- 시조 「글 밭골」 전문

시인은 그 행복은 마음 밭에 말글과 추억의 씨앗이 자라야 한다고 말한다.

연천의 종자와시인박물관 '시인관'에 들어가면 "말과 글은 그 사람의 인격의 씨앗이다"라는 글판이 정면에 걸려 있다. 마음 밭에 글을 심고 추억도 심으면 희망이 자라나고 수십 배의 행복의 열매를 거둘 수 있다는 것이다.

붓으로
글밭 골을
다듬어 씨앗 심기

날마다
시를 뿌려
고운 시 노래 되어

향기로
온 세상 퍼져
춤을 추며 걷는다
- 시조 「문인들의 글밭」 전문

말글로 심은 씨앗은 노래가 되고 향기가 되어 온 세상에 퍼진다는 표현이 눈에 띈다. 노래와 향기가 온 세상에 춤을 추는 행복을 가져온다는 표현이다.

필자는 이 표현에 전적으로 공감한다. 바로 시인이 우리에게 말하려고 하는 것은 온 누리에 말글로서 행복을 전하고 싶은 것이다. 다시금 시인의 본질을 깨닫게 하는 표현이다.

> 세상은 영원한 것 없다는 섭리 말씀
> 바람도 지나가고 운무도 풀어진다
> 하늘의 별도 떨어져 운하 세계 떠난다
>
> 언젠가 모두 떠나 어떤 빛 남길까요
> 이 세상 삼천갑자 동방삭이도 갔다
> 세상은 빛과 그림자로 살다가 떠난다
>
> 우리는 아등바등 악착을 떨어가며
> 살아도 그만인 걸 소풍 길 감사하며
> 손짓에 오라면 오고 가라 하면 가려니
> – 시조 「영원은 없다」 전문

사람은 빛과 그림자로 살다가 떠난다. 별이 그런 것처럼. 시인은 어떤 빛을 남길까? 라고 자신에게 묻는다. 그에 내한 대답은 다음의 시조에서 만날 수 있다.

> 세상은 들썩인다 희망의 날개 펴고
> 침묵은 임과 함께 행복한 날갯짓에
> 조용히 안겨 주려니 자유함을 주려니
>
> 심정이 그댈 앎고 깨닫는 이 순간에

자유의 희망 안고 길 위에 서려니요
침묵은 그대와 내가 함께하는 신뢰요

눈으로 하는 언어 더 많은 뜻이 있네
서책은 이 시간도 소통을 하고 있다
조용히 초대하리다 침묵 속의 초대장
- 시조 「침묵 속의 초대」 전문

시인의 표제시다. 독자에게 자신이 경험한 행복을 전해주
고 싶은 것이다. 꽃으로, 희망과 사랑으로 우리 모두가 행
복한 삶을 살았으면 하는 소망을 갖고 있는 것이다.

글쓰기를 통해서 모든 이에게 글쓰기의 자유를 함께 조용
히 나누고 싶은 것이다. 그 속에서 신뢰(믿음)를 얻고 소
통하고 싶은 것이다.

달빛이 스며드는 창가를 바라보며
추억의 아름다운 밤하늘 그려본다
예쁘게 사랑의 수를 한 땀 한 땀 놓았네

그리운 수를 놓고 가만히 쳐다보니
은하수 강나루에 지나온 배 한 척도
쪽박 배 달님을 그려 희망 안고 왔었네

보름이 차오를 때 세상은 밝게 밝게
희망의 행복 싣고 노 저어 어기영차
밤하늘 추억이 물든 수를 놓고 환희다
- 시조 「밤하늘에 수를 놓으며」 전문

시인은 추억을 곱씹으면서 말글로써 사랑의 수를 놓고 있다. 그 사랑의 수는 말글로 그리는 희망이요, 행복을 싣고 노 저어가는 시인의 삶인 것이다. 시인은 오늘도 밤하늘에 추억이 물든 수를 놓고 있다.

　　당신의 꽃 같았던 그 시절 생각하며
　　어디서 무엇으로 살아도 활짝 웃고
　　불행도 행복의 희망 잊지 말고 살아요

　　삶이란 여징 속에 나 역시 그내처럼
　　여기서 초로 같은 인생을 희망의 끈
　　꼭 잡고 밝은 미소로 밤낮을 맞을 거요

　　차디찬 가을바람 왔으니 어디서든
　　감기도 조심하고 따뜻한 옷을 입고
　　멀어도 사는 날까지 잊지 말고 살아요
　　　- 시조 「그대에게」 전문

　이 시조에서 등장한 '그대'는 바로 '지인'이나 '독사'이리라. 행복하기 위해서는 시 쓰기를 통해 웃음, 희망, 건강, 의식주 해결, 그리고 추억을 잊지 말라고 말한다.
　이 대목에서 미국 시인 월리스 스터븐스(1879-1955)의 시 「눈사람」이란 시 작품이 떠오른다.

　　우리는 겨울의 마음을 가져야 한다

눈 딱지 앉은 소나무 가지와
서리를 응시하려면

그리고 오래도록 추워 봐야 한다
얼음 보풀인 노간주나무와
멀리 반짝이는 1월의 태양 아래
– 월리스 스티븐스의 시 「눈사람」 전문

이 시를 보면 시인은 진실의 눈으로 실재를 대면하고 겪
으면서 겨울의 마음으로 세상을 바라보아야 한다고 강조한
다. 시인은 추위를 겪는 시련 속에서 실재를 경험하고 사
랑 속에서 존재하는 진리를 찾기를 원하는 것이다.

그렇다면 '겨울의 마음'은 무엇일까? 그의 대답은 이정희
시인의 다음 시조를 통해 찾고자 한다.

사랑이 무슨 죄냐 묻으리 거름 되게
운명의 동산 위에 태어난 꽃 한 송이
파도 속 비바람에도 잘 자라난 꽃송이

세월의 풍파 속에 잘 견뎌 살았으니
얼마나 장하게도 우뚝 한 그 모습에
고난이 밑걸음 되고 어여쁘게 피었다

비바람 겪지 않고 피어난 꽃잎 있냐
세월의 무게 없이 살아온 사람 있냐
그 끝은 꽃 진 자리에 열매 맺어 웃는다

삶이란 무게들을 짊어진 지게 위에
꿈들의 출렁이며 살아온 현실 앞에
희망의 행복한 웃음 아름답게 맺었다
– 시조 「꿈은 피었다」 전문

시인은 꽃 한 송이에서 삶의 진리를 찾는다. 행복은 비바
람을 견디고 우뚝 피어난 꽃송이의 모습 속에서 만날 수
있다는 것이다. 세월의 무게를 이겨내고 고난을 겪은 후,
즉, 꽃이 진 자리에 행복의 열매가 맺는 법이란 것이다. 다
시 말해 '희망은 웃음 속에서 꽃을 피우고 행복의 셜실을
아름답게 맺는다'는 깨달음이다.

한 걸음 두 걸음씩 천국의 소망의 길
그리운 그곳으로 가슴은 두근두근
심령은 두 근 반 서 근 팔딱팔딱 뛰었네

애타는 이 심정을 그대는 아시겠지
남들은 다 몰라도 섭리는 알아주리
솔로몬왕이 사랑한 술람미 여인처럼

내 영혼 품어주리 술람미 여인처럼
영원히 안아주고 하늘의 이 소망을
귀하게 여기며 품어주시리라 믿으리

바라는 저 하늘이 저렇게 멀리 있어
이상한 저 구름은 누구를 바라볼까
아직은 임은 먼 곳에 나를 보고 있구나
– 시조 「소망」 전문

시인은 천국을 소망한다. 영원히 안아주고 품어주는 하늘
처럼 시인은 다른 이를 사랑으로, 행복으로, 섬기기를 소망
한다. 아직은 자신이 가야야 할 천국은 멀리 있지만 오늘
도 '잘 사는 삶'을 꿈꾼다.

잘 사는 삶은 행복하게 사는 삶을 말한다. 그렇다면 행복
한 삶을 위해서 시인은 자신을 말글로 생각을 표현하는 재
능을 발휘한다.

그렇다면 생각을 표현한다는 의미는 무엇일까요? 그것은
아마도 깨어있는 글을 쓰는 것이다. 생각 없이 그저 습관
대로 살지 않는 것을 말한다. 편견이나 습관에서 벗어나는
순간에 우리는 자유를 느낀다. 다시 말해 생각한다는 것은
한마디로 '다르게 생각하는 것'이다. 새로운 생각을 낳을
때 우리는 그때 새로운 삶을 사는 셈이다.

이정희 시인이 생각하는 글쓰기를 멈추지 않는 한, 그의
삶은 언제나 행복한 삶을 영위하리라 생각한다.

하지만 기회 있을 때마다 강조한 것처럼 혼자서는 자기
한계를 넘어서기 어렵다. 시인이 시를 쓸 때 글벗이 필요
하다. 글은 친구와 함께 써야 한다.

우정화 만개하는 글벗님 동행하며
즐거운 글꽃 피고 만나서 행복하고
그리운 남녀노소를 초월하는 우정화

주름 꽃 피어나고 하얀 꽃 피어나도
우리는 아름다운 동산에 피어나고
종자와 시인 박물관 피어나는 우정화

영원히 남아있을 귀하게 피어나는
시향도 아름다워 서로를 아껴가며
피어난 꽃송이들이 영원하게 피우리
– 시조 「우정화」 전문

무엇보다도 시인의 삶, 그리고 그는 운명과 친구가 되는 것이 아닐까? 글벗과 동행하면서 글꽃을 피우니 얼마 행복할까? 얼마 전 시인은 영주에서 경기도 연천의 종자와시인박물관을 방문한 적이 있다. 글벗문학상 시상식 참여와 함께 글빗시화전을 참관하고 여러 글벗을 만난 바 있다. 한마디로 시로 글벗을 만나는 즐거움, 서로 아껴가면서 사는 동행의 삶이 행복임을 경험한 것이다.

지금껏 이정희 시인의 시조 작품 100편을 감상했디. 그의 시조집 『침묵 속의 초대』를 통해서 삶의 고난과 성찰을 통한 시조 쓰기의 행복을 만날 수 있었다.

글을 쓴다는 것은 여러 말과 통한다. 이 말은 이정희 시인에게 '행복하게 산다는 것, 생각한다는 것, 자유롭다는 것, 글벗을 만난다는 것'을 의미한다.

이제 표제시인 「침묵 속의 초대」를 다시금 음미하면서 마무리하고자 한다.

세상은 들썩인다 희망의 날개 펴고
침묵은 임과 함께 행복한 날갯짓에
조용히 안겨 주려니 자유함을 주려니

심정이 그댈 알고 깨닫는 이 순간에
자유의 희망 안고 길 위에 서려니요
침묵은 그대와 내가 함께하는 신뢰요
– 시조 「침묵 속의 초대」 일부

시인은 시조 쓰기를 통해서 행복한 날갯짓으로 이웃에게 자유를 주려 한다. 이는 침묵의 초대장이기는 하지만 그 침묵은 심정으로 서로를 알고 서로 함께하는 신뢰가 필요하다.

연천의 종자와시인박물관 신광순 관장님의 짧은 시구절이 떠오른다.

"여보게! 아름다운 세상에 존재하는 것은 진리가 아니라 믿음이라네"

시인의 시집 '침묵 속의 초대'에 응하면서 독자로서의 만

남과 믿음으로 함께 할 수 있었다.

이정희 시인의 시조집 『침묵 속의 초대』는 삶의 고난과 성찰을 통한 시조의 행복 철학을 담은 시조집이라고 말하고 싶다. 그 행복 철학은 '고난의 삶 속에서 희망의 꽃을 피우고 행복을 찾을 수 있다'는 것이다.

눈으로 읽은 언어 속에 더 많은 뜻을 만날 수 있고 이 시간에도 시를 통해서 시인은 소통하고 있다.

많은 독자들도 시인의 조용히 초대하는 '침묵 속의 초대장'을 받고 공감의 시간을 갖길 소망한다.

네 권이 시집을 출간한 뒤에 4년 만의 첫 시조집 출긴을 축하하면서 제2, 제3의 시조집 출간을 기대한다.

다시금 이정희 시인의 열정적인 창작활동과 글벗문학회 회원들과의 따뜻한 글 나눔에 존경의 마음을 표한다.

앞으로도 문운이 창대하길 기원하면서 더불어 건승을 기원한다.

■ 글벗시선 236 이정희 첫 번째 시조집

침묵 속의 초대

인 쇄 일 2025년 12월 26일
발 행 일 2025년 12월 26일
지 은 이 이 정 희
펴 낸 이 한 주 희
편집주간 최 봉 희
펴 낸 곳 도서출판 글벗
출판등록 2007. 10. 29(제406-2007-100호)
주   소 경기도 연천군 연천읍 현문로 433-32
         종자와시인박물관 내
홈페이지 https://cafe.daum.net/geulbutsarang
E- mail pajuhumanbook@hanmail.net
전화번호 010-2442-1466
팩   스 031-834-9498
가   격 12,000원
I S B N 978-89-6533-311-1 04810